하느님, 유기견을 입양하다

God
got a dog

하느님, 유기견을 입양하다

신시아 라일런트 글
말라 프레이지 그림 · 신형건 옮김

● Contents

하느님,

하느님, 잠에서 깨다

그리고 하느님은 휘청거리며
맛있는 커피 한 잔을 들고
사과나무 밑으로
가서 앉았다.
하느님은 그곳에 앉아
새들의 노랫소리를 들으며
커피를 마시다가
퍼뜩 어떤 생각이 들었다.
'행복하다'는 것이었다!
하느님은 누군가
그것을 꼭 맛보았으면
좋겠다고 생각했다.
하느님은 오랫동안 그런 안타까움을
갖고 있었기에
진저리가 날 정도였다.
하지만 진짜 그런 건 아니었다.
아마도 하느님이 좀
변덕스럽기 때문이었겠지.

여기에서 하느님은 정말
행복했다.
아, 감미로운 노란색!
새들은 노래 부르고
하느님은 평화로웠다.
평화는 이렇게 깃드는 것이라고
부처님은 말했지만, 이제껏 하느님은
그것을 믿지 않았다.
나무 아래에 앉아 있는 것만으로도
삶은 정말 편안해졌다.

하느님, 미용 학교에 가다

하느님은 어떻게 하면
파마를 잘할 수 있는지 배우려고
그곳에 갔는데
그만 손톱에 홀딱 반하고 말았다.
그래서 하느님은 가게를 열고
'짐 네일케어'라는 간판을 내걸었다.
'하느님 네일케어'라는 간판은
아무래도 내걸 수가 없었다.
하느님을 경시하고
하느님 이름을 남용했다고 여겨
아무도 팁을 주지 않을 거라고 확신한 것이다.
물론 하느님은
손을 항상 좋아했기 때문에
손톱에 푹 빠져 있었다.
손은 하느님이 만든
훌륭한 것들 중 하나였으니까.
하느님은 늘 누군가의 손을
자신의 손 안에 놓고

새들의 날개만큼이나 섬세한
손가락 뼈마디에
감탄을 하곤 했다.
하느님은 그 일을 끝낸 다음
모든 손톱을
자신이 원하는 어떤 색깔로든
금세 칠할 수 있었다.
그러고 나서 하느님은
"아름다워." 하고 말했다.
그 말은 진심이었다.

하느님, 보트에 타다

그리고 "우아!" 하고 감탄했다.
하느님은 물 위에 떠 있는
사람들을 보고는
'언젠가 꼭 타 봐야지.' 하고
혼잣말로 중얼거리곤 했었지만,
이제껏 보트를 실제로 타 본 적이
한 번도 없었다.
사람들이 물 위에서 재미있어 하는 걸
보기 전까지 하느님은
물이 항상 지루하다고 생각했다.
어느 날 하느님은 비로소 보트를 탔고,
탄성을 지르며
호수를 가로질러 갔다.
그러자 온 세상이 달라 보였다.
하느님은 놀라움을 금치 못했다.
물 위에서 보는 광경은
하늘에서 보는 것이나
땅에서 보는 것은 물론,

하느님이 한두 번 경험해 본
고래 배 속에서 보는 것과도
판이하게 달랐다.
보트에 앉아
얼마나 많은 것을 느낄 수 있는지
가늠할 수 없을 정도였다.
작은 집, 집들과
푸른 나무, 나무들과
잘 정돈된 도시, 도시, 도시들과
하늘과 땅과
그 모든, 모오든 것들을
고스란히 느낄 수 있었다.
정말 놀라웠다.
하느님은 단지
힘껏 노를 저었을 뿐인데.

하느님, 스파게티를 만들다

그리고 하느님은 집에 천장이 없어서
스파게티 면발을
목성에
붙여 보려고 했다.
하지만 면발이 바로 증발해 버려서
하느님은 스파게티가
잘 익었다고
믿기로 결심했다.
하느님은 큰 그릇을 가득 채우고
빵 한 조각과
〈뉴요커〉 잡지 한 부를
손수 마련하고는
저녁 식사를 했다.
하느님은 누군가
이야기를 나눌 사람이 있었으면
좋겠다고 생각했다.
(하느님은 혼자 식사하는 것을
싫어했으니까.)

하지만 사람들은 대부분
하느님이 하늘에 산다고만
생각했다.
(게다가 세상의 모든 음식을
하느님이 창조했다는 것조차도
알아채지 못했다.)
그래서 성찬식이 아니면
아무도 하느님을
초대하는 법이 없었고,
하느님은 항상
크게 실망하곤 했다.
식탁에 접시가 달랑
하나밖에 없는 것에
하느님은 익숙해졌다.
어쨌든
하느님은
촛불을 밝혔다.

하느님, 병원에 가다

그러자 의사가 말했다.
"당신은 하느님이니까
내가 필요 없잖아요."
하느님이 대꾸했다.
"음, 당신은 나를 놀리는 데
특별한 재주가 있군요.
내가 무슨 탈이 났는지
당신이 잘 알 거라고
난 생각해요."
그래서 의사는
하느님을 진찰했다.
심장이 좀 빠르게 뛰는 것
말고는 어떤 이상도
발견하지 못했다.
"별 이상이 없는 것 같네요."
의사가 하느님에게 말했다.
"하지만 생선을 좀 더
드시는 게 좋겠어요."

하느님은 한숨을 쉬었다.

하느님은 그보다 더한 것을

바라고 있었다.

항생제나

주사 한 방 같은 것 말이다.

하느님도 심장이 좀

빠르게 뛰는 건 알고 있었다.

게다가 이 증상을 치료하는 데

생선이 별 효과가 없다는 것쯤은

하느님도 알고 있었다.

이 증상은

하느님이 처음으로

어떤 사람이 하느님을 믿지

않는다는 말을

들었을 때부터 시작됐다.

이 사실은 하느님을

두렵게 한다. 여전히.

하느님, 체포되다

하지만 사람들은 그가
하느님인지 알아차리지 못했다.
변장을 하고 있었기 때문이다.
하느님은 보통 남자로 변장했다.
하느님은 그 변장이
마음에 쏙 들었다.
배꼽 근처엔 문신도 새겼다.
(아팠겠지!)
어쨌든 하느님은 체포되고 말았다.
술집에서 누군가
예수님을 욕하는 걸 듣고
싸움을 건 것이다.
하느님의 엄마를 모욕했을지도 모른다.
그저 주크박스를 좋아해서
그곳에 간 것뿐인데,
하느님은 그만 이성을 잃고 말았다.
그리고 화가 폭발해서 마치……
그래, 그만두자.

지루한 얘기는 그만하자.
앞으로 술집에 갈 땐
남의 이름을 무심코 들먹이는 걸
부디 조심하자.
바로 곁에 친척이 있을지도 모르니까.

하느님, 목욕하다

옷을 입고서.
구체적으로 말하자면, 가운을 입고서.
왜 그랬냐고?
왜냐하면
부끄러웠기 때문이다.
하느님은 자기 몸에 대해
부끄러움을 조금 갖고 있었다.
하지만
늘 그렇진 않았다.
하느님은 어디서든
벌거벗은 상태로 활보하며
새처럼 자유로웠다.
하느님은 결코
몸을 의식한 적이 없다.
그런데 몇몇 일들이
하느님을 곰곰이 돌이켜 보게 했다.
아담과 이브에 대한
완전한 오해와

할례와

하느님의 이미지를 만들어 내는

모든 이들의 말, 말, 말, 말들

같은 것들 말이다.

마침내 하느님이

거울 보는 걸 두려워하게 될 때까지

모든 이들은

지나친 기대를 품고 있었다.

이제 하느님은

약간 불안정한 상태에 놓여 있었다.

무기력해지고 말지도 모른다.

하느님을 움직이게 할 사랑은

위대해져야만 한다.

하느님은 여전히

가운을 입고 있다.

하느님, 인라인스케이트를 타다

하느님은 인라인스케이팅을 좋아했다.
아주 잘 타지는 못했다.
스무 번 정도 넘어졌지만 항상
벌떡 일어나곤 했다.
할머니들이 휙 스쳐 지날 때마다
하느님은 "멋져!"
하고 감탄했다.
하느님은 스스로를
천하무적이라고 느꼈다.
(하느님은 이미 자신이
천하무적이라는 것을
알고 있었지만, 늘 그렇게
느끼진 않았다.)
하느님은 인라인스케이트를 타는
동호인들을 사귀었다.
하느님은 그들이
멋지다고 생각했다.
그들이 자랑스러웠다.

하느님은 그들의 영혼이
골목과
산책로와
거리에서
천사들처럼 나는 것을
자랑스러워 했다.
당신도 알다시피
그들은 천사니까.
그들도 그 사실을
잊지 않았다.

하느님, 감기에 걸리다

그러자 하느님은 아기 같았다.
하느님은 한 번도
감기에 걸린 적이 없었고,
이 사실로 허풍 떠는 걸 좋아했다.
그런데 바로 지금 하느님이
코를 훌쩍거리고 있다.
하느님은 감기 탓에
위엄 있어 보이기가
어려웠다.
"그러지 말거라." 하고
호통치는 것도 쉽지 않았다.
"그러지 말그랑!" 하고
코맹맹이 소리가 나왔기 때문이다.
아무도 하느님을
심각하게 여기지 않았다.
그럼에도 불구하고 하느님은
만화책 몇 권과
주스와

기분을 좋게 해 줄 누군가가
있었으면 좋겠다고 생각했다.
하느님은 오랜 친구인
테레사 수녀에게 전화를 걸었다.
그녀에게 자신을 돌봐 주러
올 수 있냐고 물었다.
만화책도 좀 갖다 달라고
부탁했다.
물론 테레사 수녀는
그러겠다고 했다.
그녀는 고통받는 모든 이들을
사랑한다.
하느님까지도.
아마도 하느님을
좀 더 사랑하지 않을까.

하느님, 책을 쓰다

아니, 성경을 말하는 게 아니다.
모두 하느님이 그 책을
썼다고 생각하지만,
하느님은 그러지 않았다.
하느님은 그보다 더
글솜씨가 좋은 작가였다.
성경을 쓴 사람들은
그냥 죽죽 써 내려가기만 했지
애써 편집 한번 하지 않았다.
누군가의 이름을 들먹이는 건
쉬운 일이다.
그래서 그들은 말했다.
"내가 쓴 게 아니라
하느님이 쓴 것이랍니다."
이거야말로 교정을 할 책임에서
벗어날 확실한 방법이다.
하지만 하느님은 자신만의
책을 썼다.

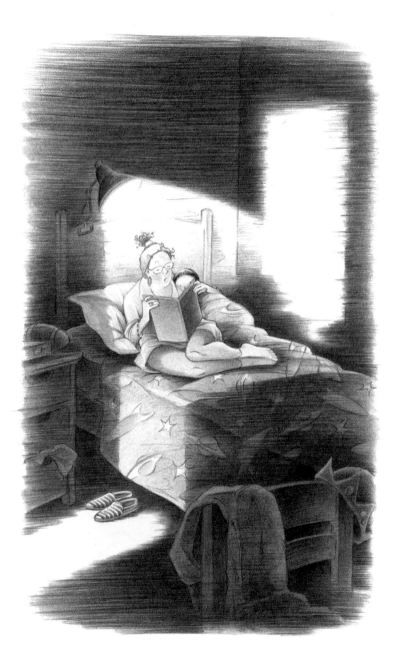

그 책은 어느 작은 소년을 위해
쓴 것이었다.
꼭 한 권뿐이었다.
하느님은 그 소년의 머리맡에서
책을 읽어 주었다.
소년은 잠이 잘 오지 않았다.
그래서 하느님은 그 책을 읽어 주었고,
그 소년은 자라서
작가가 되었다.
누구냐고?
그건 말할 수 없다.

하느님, 케이블 티브이를 신청하다

그리고 일주일 동안
오직 이것만 보았다.
혜성도 보지 않고
허리케인도 보지 않고
아기들이 태어나는 것도
다 놓치고 말았다.
오직 케이블 티브이를 보는
재미에만 푹 빠져 있었다.
애당초 그럴 작정은 아니었다.
소녀들은 걸핏하면
남자 친구들 때문에
질질 짜고,
인생의 모든 행로는
서로 만나고,
모든 비누와 치약이 나왔다.
하느님은 케이블 티브이가 좋아서
어쩔 수가 없었다.
그러던 중에 천사 가브리엘이

카드 한 벌을 들고 찾아왔다.
그다음에 한 일은 당연히
4주 동안 줄곧
포커를 치는 것이었다.
가브리엘의 수염은 거의
하느님만큼 길어졌고,
과자 부스러기는 여기저기
흩어져 있었다.
하느님은 문득 자신이
케이블 티브이를 좋아하는 것도,
포커를 좋아하는 것도 아니고
단지 휴식이 필요했던 거라고
생각했다.
하느님조차도 가끔씩
휴식이 필요하다.

하느님, 하느님을 찾아가다

하느님이 자신을
종교적으로 생각하는 것은
정말 이상한 일이다.
하느님은 무언가 할 거리를 찾다가
보스턴의 한 교회로 들어갔다.
1800년대에 생긴 이 교회는
제 스스로 오래되었다고
생각하길 좋아한다.
(이것은 늘 하느님을
빙그레 미소 짓게 한다.)
하느님은 그곳에 혼자 있었다.
믿기지 않을 정도로
교회는 조용했다.
아름다운 처마 끝은
하늘까지 닿아 있었고,
하느님 주위에는 화려한
스테인드글라스로 된 창문이 있었는데,
그 장식 속의 사람들은 모두

기도하고 있었다.
그림 속의 모든 사람들과
모든 조각상들과
실내에 있는 모든 천사들도
기도하고 있었다.
하느님은 어떤 십자가를 보는 것보다
낫다는 생각이 들었다.
하느님은 줄곧 모든 것을
이해하려고 애썼다.
하지만 하느님은
바로 눈앞에 신성한 장소가
있다는 걸 깨달았다.
그래서 하느님은 헌금함에 동전 한 닢을 넣고는
그곳을 빠져나왔다.

하느님, 회사원 되다

단지 그게 어떤 것인지
알고 싶었을 뿐이다.
그런데 하느님은
등이 쑤시기 시작했다.
예전에도 세상 모든 것의 무게 때문에
늘 등이 휠 지경이었지만 말이다.
하느님은 하루 종일
책상에 앉아 있어야 하는
자신의 직업이 힘들다고 생각했다.
일은 고문 같았다.
하느님은 자기 안에 있는 빛이
점점 희미해지고 있다고
느꼈다.
그리고 만약에
전화를 한 통이라도 더 받는다면
사람들이 종종 말하는
아마겟돈*이 시작되고 말 것이라고
생각했다.

(아마겟돈은 하느님의
생각도 계획도 아니지만,
위기에 직면했을 때
그런 것을 할 수도 있을 거라는
확신이 들었다.)
하루 일과가 끝났을 때
하느님에게 떠오른 단 한 가지는
스니커즈 초콜릿 바였다.
하느님은 서른일곱 개나 먹었다.
그리고 뱀자리에 있는
독수리 성운을 떠올렸다.
그건 하느님에게
도움이 되었다.

*아마겟돈 : 세계 역사의 종말에 앞서 마귀와
하느님이 벌이는 최후의 결전장.

하느님, 팬레터를 쓰다

하느님이 좋아하는
컨트리 음악 가수에게 보냈다.
하느님은 어쩌다 한 번 팬레터를
쓰기 때문에, 그 여가수가 꽤나
신경을 써 줄 거라 생각했다.
하느님은 가수의 사인이 담긴
사진 같은 것들을
받을 수 있으리라 여겼다.
하지만 답장이 없었다.
아무것도.
그래서 하느님은 또 팬레터를 쓰고는
'진심을 담아, 하느님으로부터.'
라고 서명했다.
아무런 답장도 없었다.
결국 하느님은 마지막으로
팬레터를 썼다.
하느님은 자신이 얼마나
그녀의 노래를 좋아하는지,

그녀의 콘서트 비디오를
얼마나 여러 번 보고 또 보는지,
그리고 그녀가 원한다면
소원을 들어줄 수 있다고까지 썼다.
음, 적어도 한 개쯤은.
그러자 마침내, 드디어
여가수로부터 답장이 왔다.
"친애하는 하느님, 나는 당신이
부디 정신 차리길 빌어요."
하느님은 생각했다.
'음, 그녀가 대체 무슨 말을 하는 거지?'

하느님, 인도에 가다

코끼리를 보러 갔다.
하느님은 코끼리를 무척 좋아한다.
하느님은 자신이 창조한 것들 중에서
코끼리가 최고라고 생각한다.
하느님은 코끼리들이
그들의 아이들을 사랑하기를,
무언가를 살육하지 않기를,
그리고 죽음에 대해 애도하기를 바랐다.
특히 마지막 것은
하느님에게 매우 중요하다.
코끼리들은 그들이 사랑하는 이들의
무덤을 찾아간다.
그들은 거기에서 한참 동안
마른 뼈들을 쓰다듬으며
죽음을 애도한다.
하느님은 다른 어떤 감정보다
심지어는 사랑보다도
그 슬픔을 잘 알고 있다.

왜냐하면 하느님은
자신이 창조한 모든 것을
잃었으니까.
당신은 삶을 살고
또 언젠간 죽을 것이다.
이렇듯 하느님이 창조한 것들은 늘
무언가 다른 것으로
변해 버린다.
하느님은 이것을 괜찮다고 여긴다.
하지만 하느님은
최초의 것들을 그리워할 수밖에
없다.

하느님, 유기견을 입양하다

하느님은 그럴 마음이
전혀 없었다.
하느님은 개를 좋아했다.
어렸을 때부터 줄곧 그래 왔지만
지금은 도무지 개를 키울 시간을
낼 수 없을 것 같았다.
하느님은 늘 일이 많았고
개는 보살필 거리가
한두 가지가 아니었으니까.
하느님은 또 누군가를 책임질 수 있을지
영 자신이 없었다.
하지만 하느님은 길 잃은
개를 보았다.
그 개는 춥고
배고프고
외로워 보였다.
그리고 하느님은 자신이
그 개를 만들었다는 사실을

문득 깨달았다.
논리적으로 따져 보자면
하느님이 한 일이라곤
단지 세상이 제대로 굴러가게
한 것뿐이라지만,
어쨌든 하느님 책임이었다.
하느님이라고 해서 모든 일로
비난받아야 하는 건 아니지만,
하느님은 그 개를 보았고
마음이 편치 않았다.
그래서 그 개를 집으로 데려와
'어니'라는 이름을 지어 주었다.
이제 하느님은
밤에도 자신의 발을 따뜻하게 해 줄
누군가가 생겼다.

신시아 라일런트 1954년 미국 버지니아주 호프웰에서 태어났으며, 켄트대학에서 문헌정보학을 공부했다. 시·소설·동화·그림책 등 다양한 장르를 아우르며 활발하게 작품 활동을 하고, 탄탄한 구성과 시적이며 절제된 문장을 인정받아 '칼데콧 상'과 '뉴베리 상'을 각각 두 번씩이나 수상했다. 언어를 다루는 남다른 감각과 더불어 사람과 동물의 아름다움을 찾아내는 탁월한 시선은 어른, 아이 할 것 없이 모든 세대 독자들의 감동을 자아낸다. 지은 책으로 『그리운 메이 아줌마』, 『이름 짓기 좋아하는 할머니』, 『강아지 천국』, 『살아 있는 모든 것들』, 『하느님, 유기견을 입양하다』 등이 있다.

말라 프레이지 1958년 미국 로스앤젤레스에서 태어났으며, 미국 아트 센터에서 공부한 뒤 작가이자 일러스트레이터로 활동하고 있다. 그림책 『최고로 멋진 놀이였어!』, 『온 세상을 노래해』로 '칼데콧 상'을 연달아 수상하고, 영화 〈보스 베이비〉의 원작 『우리 집 꼬마 대장님』을 그리며 세계적인 명성을 얻었다. 그 밖에도 『몰입 천재 클레멘타인』, 『하느님, 유기견을 입양하다』 등 여러 책에 그림을 그렸다.

신 형 건 1965년 경기도 화성에서 태어나 경희대 치의학과를 졸업했으며, 1984년 '새벗문학상'에 동시가 당선되어 작품 활동을 시작했다. 대한민국문학상·한국어린이도서상·윤석중문학상 등을 수상했으며, 초·중학교 〈국어〉 교과서에 「공 튀는 소리」, 「넌 바보다」 등 9편의 시가 실렸다. 지은 책으로 동시집 『거인들이 사는 나라』, 『아! 깜짝 놀라는 소리』, 비평집 『동화책을 먹는 치과의사』 등이 있으며, 옮긴 책으로 『사랑해 사랑해 사랑해』, 『이름 짓기 좋아하는 할머니』, 『하느님, 유기견을 입양하다』 등이 있다.

하느님, 유기견을 입양하다

초판 1쇄 2019년 1월 30일
지은이 신시아 라일런트 | **그린이** 말라 프레이지 | **옮긴이** 신형건
펴낸이 신형건 | **펴낸곳** (주)푸른책들 · **임프린트** 에프 | **등록** 제321-2008-00155호
주소 서울특별시 서초구 양재천로7길 16 푸르니빌딩 (우)06754
전화 02-581-0334~5 | **팩스** 02-582-0648
이메일 prooni@prooni.com | **홈페이지** www.prooni.com
카페 cafe.naver.com/prbm | **블로그** blog.naver.com/proonibook
ISBN 978-89-6170-699-5 03840

GOD GOT A DOG by Cynthia Rylant, illustrated by Marla Frazee
Text Copyright © Cynthia Rylant 2013
Illustration Copyright © Marla Frazee 2013
All rights reserved.
This Korean edition was published by Prooni Books, Inc. in 2019 by arrangement with Beach Lane
Books, an imprint of Simon & Schuster Children's Publishing Division, 1230 Avenue of the Americas,
New York, NY 10020 through KCC(Korea Copyright Center Inc.), Seoul.
이 책은 (주)한국저작권센터(KCC)를 통한 저작권자와의 독점계약으로 (주)푸른책들에서 출간되었습니다.
저작권법에 의해 한국 내에서 보호를 받는 저작물이므로 무단전재와 복제를 금합니다.

이 도서의 국립중앙도서관 출판시도서목록(CIP)은 서지정보유통지원시스템 홈페이지
(http://seoji.nl.go.kr)와 국가자료공동목록시스템(http://www.nl.go.kr/kolisnet)에서 이용하실 수
있습니다.(CIP제어번호: CIP2018040739)

 에프 블로그 blog.naver.com/f_books